NATE EL GRANDE
EL GRANDE
ÚNICO EN SU CLASE

Peirce

NATE EL GRANDE

ÚNICO EN SU CLASE

LINO
ORUM

NATE EL GRANDE
ÚNICO EN SU CLASE

Originally published in English under the title
BIG NATE: IN A CLASS BY HIMSELF
Author: Lincoln Peirce

This edition published by agreement with HarperCollins Children's Books, a
division of HarperCollins Publishers.

Text and illustrations copyright © 2010 by United Feature Syndicate, Inc.
Cover design: Sasha Illingworth

Translation copyright © 2010 by Mireia Rué
Spanish edition copyright © 2010 by RBA LIBROS, S.A.

U.S.A Edition
Lectorum ISBN: 978-1-933032-78-8
RRD Crawfordsville 10 9 8 7 6 5 4 3 2 1

Printed in the United States of America.

Para Jessica

NATE EL GRANDE

EL GRANDE

ÚNICO EN SU CLASE

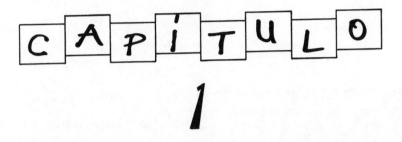

CAPÍTULO 1

¿EN QUÉ AÑO SE RATIFICÓ LA 14.º ENMIENDA A LA CONSTITUCIÓN?

Podría habér-selo pedido a cualquiera.

Había veinti-dós niños más en clase, todos con la mano levantada. Francis la tenía levantada. Teddy, también. Gina, como siempre, la que más. Incluso Nick Blonsky, que normalmente se sienta en la última fila con el lápiz metido en la nariz, había levantado la mano. Podría habérselo pedido a cualquiera de ellos, ¿no?

Pues a ver si adivinan a quién le preguntó.

La señorita Godfrey siempre hace lo mismo: siempre me pregunta cuando no me sé la respuesta. Es como si se lo oliera. ¿Nunca han oído eso de que los perros huelen el miedo? Pues es justo lo que le ocurre a la señorita Godfrey. Es como un perro.

Un perro enorme, horrendo y con muy malas pulgas.

Quise escurrirme debajo de la mesa. Toda la clase me miraba. Se me empezaron a poner rojas las orejas. Luego, las mejillas. Y la frente se me llenó de gotitas de sudor.

o ° o o o ° o ° O o O o ° o ° o ° O o ° o ° O o ° o ° o °

—¿Y bien? —ladró la señorita Godfrey.

UM...

¿PUEDE REPETIR LA PREGUNTA?

✶ ¡COFF! ✶

He oído que en un día corriente solemos usar el 10 % de nuestra capacidad mental. Pues bien, estando ahí sentado, con la boca más seca que un saco de arena, necesitaba urgentemente que el otro 90 % se pusiera en funcionamiento. Pero nada, mi mente seguía en blanco.

La señorita Godfrey dio un paso adelante y se me quedó mirando fijamente. Parecía enojada. No, peor que enojada. Estaba a punto de estallar. Tenía la cara roja como un tomate. La saliva le asomaba por las comisuras de los labios. Era asqueroso. Me faltaba el aire…

¡Y entonces sonó el timbre!

Y sonó. Y siguió sonando. Pero no parecía el timbre de la escuela. Era más bien como…

¡Estaba soñando! Parpadeé un par de veces, y dejé escapar un suspiro de alivio. Nunca me había alegrado tanto de oír sonar el despertador, aunque no tenía ninguna intención de levantarme. Cerré los ojos de nuevo y hundí la cabeza en la almohada. ZZZZZZZ...

Vaya, muchas gracias, papá. A eso le llamo yo tener un dulce despertar. ¡Eso es un padre!

La verdad es que como padre no lo hace mal del todo. Su guiso de atún es lo más repugnante que hayas probado jamás, pero él es bastante inofensivo, sobre todo comparado con algunos de los padres descerebrados que he visto en los partidos de la liga infantil. El problema es que papá va un poco perdido. No tiene ni idea de lo que supone ser yo.

Me refiero a que ¿cuánto tiempo ha pasado desde que fue a la escuela? ¿Treinta, cuarenta años?

SOBRE LOS PADRES: En cuanto pierden el cabello, pierden también la habilidad de relacionarse con toda persona menor de treinta años.

Creo que ya no recuerda cómo se siente uno al estar todo el día encerrado en un edificio que huele a tiza, amoníaco y comida irreconocible. Ya no se acuerda de lo que supone ser un alumno de sexto del montón.

No es que yo sea un alumno de sexto del montón. Vale, vale, admito que no soy precisamente una lumbrera, pero vamos a ver: en el mundo real, ¿a quién va a importar-

le que sepamos quién era vice-presidente durante el mandato de Warren G. Harding? (Y no finjas que lo sabes, porque no tienes ni idea.) La cuestión es que no quiero desperdiciar mi talento en memorizar hechos inútiles. Yo estoy hecho para cosas más importantes. Estoy...

DESTINADO PARA

¡LA GRANDEZA!

Aún no sé muy bien a qué tipo de grandeza estoy destinado, pero lo descubriré. Tengo varias opciones. Guardo una lista de posibilidades en la puerta de mi armario.

También hay cosas en las que estoy convencido de que no alcanzaré nunca la grandeza, como por ejemplo la ópera, la natación sincronizada y el cuidado de los gatos. Bueno, con esto basta.

Volvamos al infortunado hecho de que hoy es día de escuela. Pero ¿de qué tipo? Bueno, ya saben, no todos los días de escuela son iguales. Pueden agruparse por categorías. (Como ya saben, se me da muy bien eso de clasificar. Una vez me pasé una semana entera clasificando todas las meriendas que se me ocurrían. La mejor: ganchitos de queso. La peor: galletas de arroz.)

SOBRE PAPÁ:
Un año, en Halloween, papá les entregó galletas de arroz a los niños. Fue el mismo año en que alguien arrojó huevos a nuestra casa. Saca tus conclusiones, papá.

Si tuviera que poner nota a los distintos tipos de días de escuela, los puntuaría así:

A+ DÍAS DE EXCURSIÓN

No me refiero a excursiones aburridas, como cuando, el Día de la Tierra, el profesor nos lleva de paseo por el vecindario para recoger los papeles del suelo. Me refiero a los paseos de un día entero en los que vamos a alguna parte en autocar. Incluso esas excursiones en las que te entregan una hoja llena de preguntas con la esperanza de que aprendas algo: siempre puedes buscar alguna excusa para no responder nada. Eso es lo que hice el año pasado cuando fuimos al acuario.

B DÍAS DE ACONTECIMIENTOS ESPECIALES

Son esos días en que las horas de clase se emplean en algo mejor, como ver una película o acudir a una reunión de profesores y alumnos. O, aún mejor, días en los que ocurre alguna emergencia. La primavera pasada, la peluca de la señorita Czerwicki empezó a arder y la alarma de humos de la sala de profesores se disparó. Tuvieron que evacuar el edificio y nos pasamos más de una hora jugando con el frisbee en el patio. Fue estupendo. Para todo el mundo salvo para la señorita Czerwicki, claro.

C- DÍAS DE PROFESOR SUSTITUTO

Creo que todos estaremos de acuerdo en que los sustitutos son casi siempre mejores que los profesores de verdad. Y cuando digo «mejores» quiero decir «más atontados». Los mejores sustitutos son los que acaban de salir de la universidad y no han dado una clase en su vida. La verdad es que no son muy listos. O tal vez es que son muy ingenuos.

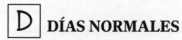

D DÍAS NORMALES

Por desgracia, éstos son los días que más abundan: seis horas y media de acción trepidante, en las que estudias temas como la fotosíntesis y la guerra de 1812. Apasionante. Y cuando vuelves a casa tus padres te dicen:

Y, después de pensarlo durante unos diez segundos, les dices:

F DÍAS CATASTRÓFICOS

Son tantas las maneras en que un día de escuela puede ir mal que es casi imposible enumerarlas to-

das. Puede que un profesor (normalmente la señorita Godfrey) te eche la bronca sin razón, cosa que a mí me pasa muy a menudo. O que Chester, el abusón de la escuela, que sin duda echa hormonas de crecimiento en la leche, te dé una paliza. O que tu profesor te ponga un examen sin que te lo esperes...

Oh, oh... Acabo de tener un pensamiento espeluznante. ¿Habrá examen hoy? No recuerdo que ayer ninguno de los profesores mencionara nada de un examen. Pero, como he dicho, no suelo acordarme de lo que dicen los profesores. Siempre pierdo repentinamente el interés en cuanto oigo:

(«A sentarse todos», en el lenguaje del profesor, significa: «Que empiece el aburrimiento».)

BLA BLA BLA BLA BLA BLA BLA BLA BLA BLA
BLA BLA BLA BLA BLA BLA BLA BLA BLA
BLA BLA BLA BLA BLA BLA BLA
BLA BLA BLA BLA BLA BLA BLA BLA
Y POR CIERTO MAÑANA
HABRÁ EXAMEN BLA
BLA BLA BLA BLA BLA
BLA BLA BLA BLA BLA
BLA BLA BLA BLA BLA BLA
BLA BLA BLA BLA BLA
BLA BLA BLA BLA BLA BLA

Ésos son los momentos en los que debería estar más atento. Como Francis.

¡¡¡Francis!!! ¡Él sabe seguro si hoy hay examen!

SOBRE FRANCIS:
Insiste en comerse el almuerzo en orden alfabético.

¡APIO, BOCADILLO, MANZANA, YOGUR!

Les contaré algo sobre Francis: lo sabe todo. Siempre tiene la nariz metida en algún libro y se toma el colegio muy en serio. La verdad es que es un empollón. Pero yo puedo llamarlo así, porque somos muy amigos. Nos conocemos desde el primer día que fuimos a la guardería: se puso a roncar durante la siesta y le di en la cabeza con mi fiambrera de *Thomas y sus amigos*. Somos íntimos amigos desde aquel momento.

Veamos si ya se levantó.

Sí, ya está despierto. Y, por supuesto, está leyendo.

Pero… ¡un momento! ¡Mira lo que está leyendo!

¡Entonces hoy sí tenemos examen!

Esto no me gusta nada. Ni un pelo. En primer lugar, porque tengo el libro de sociales en la taquilla de la escuela.

Y en segundo lugar, porque acabo de recordar lo que me dijo la señorita Godfrey tras el último examen:

Me toca sociales en el primer período. ¡Eso quiere decir que sólo tengo unos cuarenta y cinco minutos para leerme los apuntes!

¡AH! **AQUÍ**...

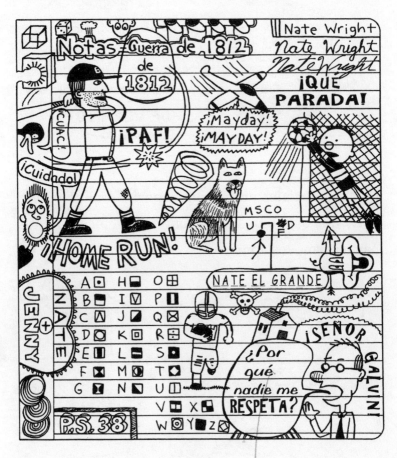

Vaya, parece que mis apuntes no van a serme de mucha ayuda. A no ser que la señorita Godfrey decida subirnos la nota por garabatear.

Éste es el fin.

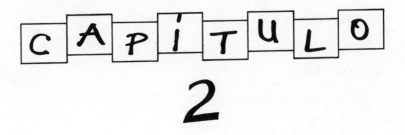

2

«El desayuno es la comida más importante del día.»

¿Se han fijado en que eso lo dicen siempre justo antes de plantarnos un bol de copos de avena lleno de grumos delante de las narices?

¡CÓMETELO TODO!

POR FAVOR, QUE LOS GRUMOS ESTOS SEAN PASAS.

Ahora mismo mi padre no para de hablar acerca de lo mucho que cambió su vida cuando decidió seguir una dieta rica en fibras, pero la verdad es que no lo estoy escuchando. No puedo dejar de pensar en ese examen de sociales que podría mandarme a la escuela de verano.

«Escuela.» «Verano.»

Dos palabras que no casan.

En realidad no tengo ni idea de cómo es la escuela de verano. Francis dice que probablemente es como la escuela normal, sólo que se pasa más calor.

Pero otros niños dicen que en la escuela de verano los profesores te hacen trabajar de lo lindo. Y no se refieren a rellenar cuadernos de trabajo. Se trata más bien de eliminar los restos de pegamento de las mesas y limpiar el lavabo de los chicos (cosa que espero que no sea cierta, porque siempre están hechos un asco). La verdad es que suena fatal.

El único niño que conozco que ha ido a una escuela de verano es Chester. Supongo que podría preguntarle a él. Claro que la última vez que traté de preguntarle algo me metió dentro de un cubo de basura. Está un poco loco.

El caso es que ir a la escuela de verano no puede ser nada bueno. No creo que haya nada peor.

De pronto, en el momento justo... entra Ellen.

Vale, rectifico, sí hay algo peor. La escuela de verano sólo dura ocho semanas. Una hermana de quince años es para siempre. O al menos hasta que cumpla dieciséis, que probablemente será aún peor.

Yo y Ellen

Aunque, para ser odiosas, las hermanas no tienen por qué ser adolescentes. Ya nacen así.

Si tienen una hermana mayor, saben muy bien a qué me refiero. Lo habrán vivido. Compartirán mi dolor. Si no tienen una hermana mayor, felicidades. Y bienvenidos a mi pesadilla.

SOBRE ELLEN:
Cada pocos meses, decide que no le gusta cómo se ríe, así que se ríe de otro modo.

¡JA, JA, JA!
NO, ASÍ TAMPOCO...

¡LAS 5 COSAS MÁS ~IRRITANTES~ DE ELLEN!

5.) No para de pedirle a papá que le compre una gata.

¡La llamaremos Kitty!

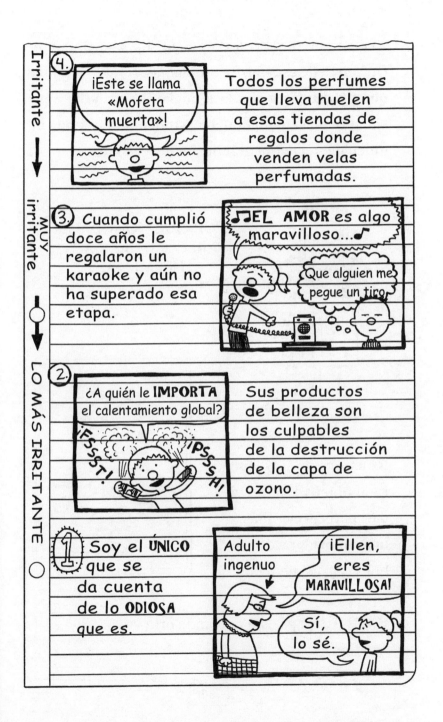

¿Saben qué otra cosa no puedo soportar de Ellen? Que no tiene ese tipo de problemas. Nunca ha tenido que preocuparse por la escuela de verano, porque siempre ha sido una buena estudiante. Cosa que alguien me recuerda prácticamente cada día.

¿POR QUÉ NO PODRÍAS PARECERTE MÁS A TU HERMANA?

Exacto, como si ése fuera el objetivo de mi vida: parecerme más a una animadora de fútbol. Gracias, pero no.

¿Qué? Ah, papá está hablando otra vez.

Nota para mí mismo: añadir «Y no hay quien la haga callar» a la lista de cosas insufribles de Ellen.

Mmm. Me parece que no se lo ha tragado. Veo «la mirada» en sus ojos.

LA MIRADA
Primer nivel de sospecha de papá. Significa que no está del todo seguro de que esté siendo sincero con él.

OJOS ENTORNADOS
El segundo nivel es el modo que papá tiene de decirme: «No puedes estar hablando en serio».

EL OJO SALTÓN
Tercer nivel. Cuando papá te mira con un ojo saltón, cuidado: está a punto de ponerse hecho una furia.

Ahora mismo está en el nivel uno, pero sé muy bien adónde puede llevar esto, así que más vale que desaparezca antes de que me haga más preguntas.

¡Vaya! Ha faltado poco. No tiene ni idea de que podría acabar yendo a la escuela de verano.

A no ser que él y la señorita Godfrey estén manteniendo conversaciones telefónicas secretas de noche.

SERÁ MEJOR QUE PIENSE EN OTRA COSA.

Estupendo sitio para echar una siesta, Spitsy. ¿No podrías andar por ahí cazando ardillas o algo así?

Spitsy es el perro del señor Eustis, que vive en la casa de al lado. Y, en caso de que su camiseta y el embudo gigante que lleva en la cabeza no les haya dado ninguna pista, les diré que Spitsy es un perro más bien rarito. Le tiene miedo al cartero. Se come sus propias cacas. Y ni se les ocurra lanzarle una pelota de tenis. Lo hice en una ocasión y acabamos en el hospital de animales, donde tuvieron que hacerle un lavado de estómago. Es una larga historia.

Pero no quiero reírme de Spitsy. Spitsy está bien. Al fin y al cabo es un perro, y todos los perros me parecen geniales. Excepto tal vez esos animales diminutos y sin pelo llamados chihuahuas.

SOBRE SPITSY:
Está enamorado de la gata de Francis, Pickles.

Debe de ser fantástico ser tú, Spitsy. Estás todo el día por ahí, tumbado bajo el sol. No tienes que preocuparte del Ojo Saltón. Ni de hermanas mayores. Ni tampoco de profesores.

...Y NO TIENES QUE PREOCUPARTE DE HACER UN EXAMEN DE SOCIALES.

SPITSY

¡Un momento! ¡Tal vez yo tampoco tenga que preocuparme por el examen!

¿Y si pudiera librarme?

¿Y si pudiera convencer a la señorita Godfrey para que me lo pusiera mañana? Así podría pedirle los apuntes a Francis y pasarme veinticuatro horas estudiando. Al menos tendría una oportunidad de aprobar el dichoso examen.

¿Lo ven? Por eso los perros son mucho mejores que los gatos. Los gatos nunca te ayudan a hacer nada. Se limitan a tumbarse por la casa, arañar los muebles y lamerse.

Vale: es hora de pensar en algo. ¿Cómo podría librarme del examen?

No es difícil que se te ocurra un plan. El problema es que cada vez que se me ocurre uno, aparece alguna razón por la que no va a funcionar.

PLAN A: ENFERMEDAD

En cuanto empiece el examen, dejaré de respirar hasta que me ponga rojo como un tomate. Y entonces le diré a la señorita Godfrey que me encuentro muy, muy mal.

POR QUÉ NO FUNCIONARÁ

Siempre guarda un termómetro en el cajón de su escritorio.

JUSTO LO QUE PENSABA: ¡98,6!

PLAN B: HERIDA

Me vendo la mano y luego le digo que no puedo escribir, porque me he torcido la muñeca.

POR QUÉ NO FUNCIONARÁ

Me obligará a hacer el examen con la mano izquierda. Sí, es así de mala.

PLAN C: TRÁGICO ACCIDENTE

Finjo que me he golpeado la cabeza contra la puerta al entrar al aula, y actúo como si tuviera amnesia.

POR QUÉ NO FUNCIONARÁ

Ya recurrí a este truco hace dos semanas.

PLAN D: LA VERDAD

Me acerco a la señorita Godfrey, la miro directamente a los ojos, y le digo que no me acordaba de que hoy tuviéramos examen.

POR QUÉ NO FUNCIONARÁ

Esa mujer me odia.

¡Mecachis! Así no voy a llegar a ninguna parte. Sólo faltan veinticinco minutos para el examen. Veinticinco minutos para que la señorita Godfrey deje caer sobre mí todo el peso de la escuela de verano.

Le doy una ojeada a mi reloj: ya sólo faltan veinticuatro minutos. ¡Ayyy!

Empiezo a pensar que el único modo de librarme del examen es… es…

¡… no ir a la escuela!

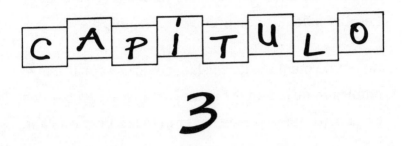

CAPÍTULO 3

¡Sí! ¡Eso es! ¡No iré a la escuela! ¡Me tomaré el día libre! ¡Como si alguien hubiera establecido un nuevo día festivo!

Aquí me detengo.

Pero ¿qué estoy haciendo? Nadie consigue escabullirse en nuestra escuela. Es imposible. ¿Por qué? Les diré sólo dos palabras: «La Máquina».

No es una máquina de verdad, como esa con la que el empleado de la limpieza pule los suelos. La Máquina es algo que no se puede ni ver ni tocar. Pero está ahí.

La Máquina te observa. Sabe cada uno de tus movimientos. Y si no estás donde se supone que deberías estar, te localiza. Así es como funciona:

1. EL DIAGRAMA DE LOS ASIENTOS

Los profesores siempre nos dicen dónde sentarnos. Aseguran que así les resulta más fácil recordar nuestros nombres. Ya… Como si les importara mucho saber cómo nos llamamos.

En realidad lo hacen para controlarnos. Un vistazo al diagrama y enseguida saben si estás o no en tu sitio. Y entonces la Máquina se pone en marcha.

2. LA LISTA DE ASISTENCIA

Los profesores se lo apuntan todo. ¡Vete a saber por qué!

Antes de empezar la clase siempre pasan lista. Si no estás en tu asiento, ponen una enorme X roja junto a tu nombre. Felicidades. No estás.

3. EL AYUDANTE DE LA MAESTRA

En clase de ciencias vimos una película sobre las abejas. La descomunal abeja reina se pasaba el día sentada en la colmena sin mover un solo dedo mientras las pequeñas obreras hacían todo el trabajo. ¿Resulta familiar?

Los profesores son las abejas reinas. A ver si adivinan quiénes son las obreras.

Siempre hay alguna pelotilla como Gina que se presenta voluntaria, porque está desesperada por conseguir mejor nota. Felicidades, Gina. Estoy convencido de que tu carrera como ayudante de la maestra de sexto te llevará a una universidad de primera.

La oficina. El motor que hace funcionar la Máquina. Y a su cargo está...

4. LA SECRETARIA DE LA ESCUELA

La señorita Shipulski tampoco es tan mala. No es culpa suya que la obliguen a controlar la asistencia. (Ni tampoco la culpo por las innumerables veces que me ha dicho: «Nate, el director quiere verte».)

A pesar de ser ya mayor, es muy rápida. Repasa las listas de asistencia en un abrir y cerrar de ojos. Y en cuanto ve una de esas X rojas junto a tu nombre, ya está marcando el número de tus padres.

Pues eso, así es como funciona la Máquina. ¿Se dan cuenta de lo eficiente que es? Uno no puede vencerla. Es imposible.

Así que me encuentro en un aprieto: si me largo a pasear por el bosque con Spitsy, la señorita Shipulski tardará menos de cinco minutos en hacer sonar el teléfono de papá. Y entonces la escuela de verano será el menor de mis problemas. Lo más seguro es que me expulsen durante unos días. O definitivamente. Tal vez me manden a una de esas academias militares en las que te rapan al cero y te obligan a llevar uniforme y a terminar todas las frases con «señor».

Así que no hay más que hablar. Nada de escabullirme. Tendré que ser algo más creativo. Lo que necesito es un justificante para faltar a clase.

O sea, que voy a clase como siempre, pero como tengo un papelito de papá en el que dice que debo estar en otra parte a una hora determinada, ¡se acabó el problema! Estoy libre. Ayer, Alan Olquist se marchó a mitad de la clase de ciencias porque tenían que quemarle una verruga. ¡Qué suerte tienen algunos!

Así que lo único que tengo que hacer es ir a clase de sociales con una nota de papá en la que diga que debo marcharme por algo (pongamos, por ejemplo, porque tengo cita con el dentista), y se acabó el problema. ¡Soy un genio!

Sí, sí, ya sé lo que están pensando. No tengo ninguna nota de papá. Pero puedo encargarme de eso.

Querida señorita Godfrey:

Nate no podrá asistir a su clase de sociales a las 8:45, porque tiene una cita muy importante con el dentista.

¡Hala! No, esto no va a colar. Se parece demasiado a mi letra. La señorita Godfrey se lo olerá enseguida. Puede que sea chillona y repugnante, pero no tiene un pelo de tonta.

Tengo que imitar la letra de los mayores. Escribir como papá. Y su escritura es muy enredada.

Querida señorita Godfrey: Nate no podrá asistir a su clase de sociales a las 8:45, porque tiene una cita muy importante con el dentista.

Ups. No tanto. Aquí no se entiende un pimiento.

Es más difícil de lo que creía. Y se me está acabando el tiempo.

Querida señorita Godfrey: Nate no podrá asistir a su clase de sociales a las 8:45, porque tiene una cita muy importante con el dentista.

¡Eh! ¡Esto ya es otra cosa! A mí me parece bastante convincente.

¡Hola, justificante! ¡Adiós, examen de sociales! Y ahora sólo falta falsificar la firma de papá.

Esto... Un momento. Será mejor que me lo piense. Falsificar. Falsificación. Oh, oh...

¿No son los falsificadores una especie de criminales? ¿Acaso no encierran en la cárcel a la gente que firma un cheque con un nombre falso o usa la tarjeta de otra persona? Vale, yo no soy un santo. En el aula de castigo hay una mesa que lleva mi nombre, literalmente. Pero no voy a violar la ley. No quiero que me saquen a rastras de la escuela con las manos esposadas.

Tal vez no sea tan buena idea. Será mejor que me deshaga de esto antes de que alguien...

Oh, vaya. Es Francis.

Esto es lo malo de vivir justo en la casa de al lado de la de tu mejor amigo. Siempre te está espiando e invadiendo tu privacidad. Tampoco es que tenga nada que ocultar.

Vale, vale... Es una pequeña mentirilla.

—¿Nada? —me pregunta.

—Nada.

—Pues no lo parece.

¿Por qué actúa como si fuera Sherlock Holmes?

ESTABA FALSIFICANDO UNA NOTA...

...PARA PODER LIBRARME DEL EXAMEN DE SOCIALES.

Mmmm. Pausa larga y sospechosa. Francis tiene una expresión extraña en el rostro. Me mira con cara de satisfacción y confusión al mismo tiempo. O me está juzgando por lo que le he dicho o está a punto de tirarse un pedo.

—¿Qué examen de sociales? —me pregunta.

A veces Francis parece retrasado. (Y en esos momentos tengo que recordarme a mí mismo lo listo que es.)

—¡El examen para el que he visto que estudiabas esta mañana!

—Yo no estudiaba para ningún examen.

—¿Entonces por qué leías el manual de sociales?

—¡Porque me gusta cultivar la mente!

Mejor hacer caso omiso de la frase poco convincente que acaba de pronunciar y centrarme en lo que ha dicho justo antes.

Entonces... ¿no hay examen de sociales?

¡Hurra!

—En realidad —me dice Francis con ojos soñadores— me habría gustado tener examen de sociales hoy.

¡ES QUE LAS PREGUNTAS DE LOS EXÁMENES DE LA SEÑORITA GODFREY SON MUY **ESTIMULANTES**!

¡ PAFF !

Lo siento, Francis, pero cuando empiezas a actuar como el rey de lo sabelotodo, no me queda más remedio que hacerte entrar en razón, aunque sea a golpes. Tienes suerte de que no te haya dado con un libro más pesado.

El primer timbre. No es que sea música para mis oídos, pero al menos ya no siento ese nudo en el estómago. ¡No hay examen! ¡No habrá escuela de verano! ¡¡Puede que el día de hoy no acabe siendo del todo malo!!

Sí, la verdad es que hay cosas que nos las buscamos.

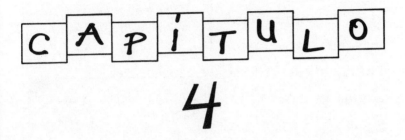

CAPÍTULO
4

—Eh, Nate, ¿echando una siestecita?

¿O ESTÁS HACIENDO LA FLEXIÓN MÁS LENTA DEL MUNDO?

Ése es Teddy. No hagan caso de sus malos chistes. Es lo que yo hago siempre.

Teddy es mi otro mejor amigo. Francis es el n.º 1, porque hace más que lo conozco. Pero Teddy es sin duda alguna el n.º 1 A. Es genial.

SOBRE TEDDY:
Me enseñó a decir «la señorita Godfrey está gorda» en francés.

MADEMOISELLE GODFREY EST GROSSE!

¡SÍ!

Al principio no lo veía tan claro. Es lo que ocurre con los nuevos. Los estudias desde cierta distancia para ver si parecen buena gente. No quieres mostrarte superamistoso con ellos enseguida, porque ¿y si luego resultan ser unos tontos?

¿Te gustaría ver mi colección de sprays nasales?

Vale.

Pero ¿qué estoy DICIENDO?

Alumno nuevo cualquiera →

← Yo

Con Teddy resultaba difícil de decir. El día que llegó, el director Nichols me pidió que le enseñara la escuela. Teddy se mostró serio y silencioso. Casi no abrió la boca en todo el día. Desde ese día, le he dicho un montón de veces que parecía tonto de remate.

Luego nos tocó hacer juntos un experimento en el laboratorio. Se suponía que teníamos que diseccionar un calamar.

Cuando no hacía ni cinco minutos que habíamos empezado, Teddy cogió nuestro calamar y se lo puso debajo de la nariz como si fuera un moco gigante.

Fue para troncharse. Me partía de risa...

... Y entonces Teddy también se echó a reír. Era la primera vez que lo oía reírse. Parecía una especie de llama enloquecida.

¡JON!
¡JON!
¡JON!

Cielos, no podíamos parar. Nos reímos tanto que se nos cayó el calamar al suelo. Y Mary Ellen Popowski lo pisó, y entonces nos dio un ataque de risa aún mayor.

Fue entonces cuando el señor Galvin se dio cuenta de lo que ocurría. ¡Se puso hecho una furia! Estaba Godfrey Total.

GLOSARIO
Cuando un profesor pierde por completo los nervios y se pone a gritar, lo llamamos Godfrey Total. (Cuando lo hace la señorita Godfrey, lo llamamos Lunes.)

Nos hizo limpiar los restos de calamar del suelo. También tuvimos que pedirle disculpas a Mary Ellen, pero creo que no estuvimos muy convincentes, porque terminamos riéndonos de que sus zapatos olían a calamar muerto. Y yo dije que, teniendo en cuenta lo mal que olían antes, tal vez fuera una mejora.

Y entonces tuve que disculparme con Mary Ellen otra vez.

Estuvimos castigados durante dos semanas enteras.

Cuando pasas momentos tan duros con alguien, cambia el modo en que lo ves. Cuando vi a Teddy sacándose ese calamar de la nariz, me cayó bien. Y después de estar castigados juntos todo ese tiempo, supe que seríamos amigos para siempre.

Pero eso no significa que vaya a permitirle llegar antes que yo al asta de la bandera.

¡Ja! ¡Mi turbovelocidad puede con todos!

¡ESTA **CARRERA** LA GANO DE CALLE!

¡Santo cielo! ¡El director Nichols!

Esto pinta fatal. El director es el señor Disciplina. No soporta que nadie ande corriendo por los alrededores de la escuela. Y va y choco con él cuando se dirige al edificio. Cuidado. Está a punto de estallar.

Como decía: el director Nichols... ¡Menudo tipo! ¡Es genial!

—¿Estás bien? —me pregunta.

—Sí. No me duele nada —le digo—. Es que es usted como un airbag enorme.

Será mejor que me calle.

—Vamos, entra ya, hijo —me dice el director con cara de que "hijo" es lo que está más lejos de su mente.

¡Fiu! Encantado de entrar. Creía que iba a darme un castigo.

—Vamos, chicos —dice Francis—. Sólo un par de minutos hasta el aula.

Vaya… Me parece que tengo un problema de organización. Uno de estos días debería vaciar mi taquilla. Con un camión de basura. O tal vez con un fósforo.

Pero ahora no tengo tiempo. A ver… ¿Dónde está mi comida?

—Esta mañana he salido de casa tan deprisa que no he pensado en meter la comida en la mochila —farfullo.

—No te preocupes —me dice Teddy—. Tengo una solución para tu problema.

—¿En serio? —le pregunto.

—Sí. Ayer fuimos a cenar a un restaurante chino y sobró un montón de comida —me dice.

POLLO CON SÉSAMO, COSTILLAS DE CERDO, UN PAR DE ROLLITOS DE PRIMAVERA...

¡AQUÍ TIENES! ¡UNA GALLETA DE LA FORTUNA!

Um... Una galleta de la fortuna.

Me encanta que me lean la fortuna. Soy superaficionado a los horóscopos, las bolas mágicas y ese tipo de cosas.

(Por cierto, soy escorpio. Eso quiere decir que soy dinámico, leal y que estoy cargado de magnetismo animal. En otras palabras: soy la bomba.)

Pero a veces las galletas de la fortuna me atacan. Decir la fortuna significa predecir el futuro, ¿no? Pero la mayoría de las veces las galletas de la fortuna no te dicen NADA sobre el futuro. No contienen más que frases estúpidas.

A veces son frases aburridas.

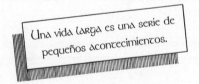

Una vida larga es una serie de pequeños acontecimientos.

Otras veces, son tontas.

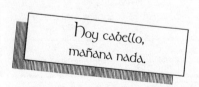

Hoy cabello, mañana nada.

Y, en ocasiones, como aquella vez que Ellen, papá y yo fuimos a Pu-Pu-Panda, carecen de sentido. Esa frase era tan rara que incluso escribí un cómic inspirándome en ella.

Supongo que pensarán que tengo una relación amor-odio con las galletas de la fortuna. Casi nunca encuentro frases buenas, pero, a pesar de ello, me muero por leerlas.

¡Vaya! ¡A eso sí lo llamo fortuna!

Hoy superarás
a todos los demás.

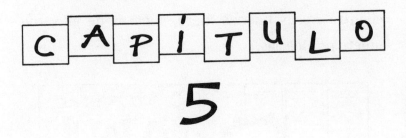

CAPÍTULO 5

Estoy de excelente humor cuando entro al salón principal. No por el salón en sí. Sólo los empollones se emocionan con eso.

¡ÉSTA ES LA MEJOR PARTE DEL DÍA!

¿Ven?

¡La razón es que me espera un futuro genial! Parecía que hoy iba a ser un día de pena, ¡y ahora todo ha cambiado!

—¿Por qué estás tan contento? —me pregunta Francis.

—He recibido noticias estupendas. ¿Te he dicho alguna vez que estoy destinado para la grandeza?

—Bueno, tal vez lo has mencionado una, dos... o más bien un millón de veces —me dice poniendo los ojos en blanco.

—Pues aquí tienes la prueba de que será así —le digo entregándole el mensaje que he encontrado en la galleta de la fortuna.

Francis lo lee. Pone esa típica cara de estreñido que quiere decir: «No estoy seguro de esto».

—¿«Hoy superarás a todos los demás»? —dice—. ¿Los superarás en qué?

—Soy un hombre de múltiples talentos —le digo—. ¡Puede ser en cualquier cosa!

Francis me devuelve el mensaje y, con una sonrisa burlona, me dice: «En cualquier cosa no: ya puedes descartar el éxito académico».

Muy gracioso, Francis. Sólo por esto puede que no estés en mi grupo de amigos cuando sea rico y famoso.

Estaría bien ser rico. Así podría pagarle a la gente para que me hiciera la vida más fácil. Un chófer para que me llevara a todas partes. Un cerebrito para que me hiciera los deberes. Alguien que me comprara la ropa para no tener que ir yo a la tienda y desnudarme en esos probadores diminutos y cutres. Los odio.

Y contrataría a un chef, alguien que me preparara todo tipo de delicias. Me muero de hambre. Lo único que tengo en el estómago son un par de cucharadas de copos de avena grumoso.

Mmm... ¿Y si me como esta galleta de la fortuna?

¡¡Gina!!

Oh, cuánto la odio.

—¿Es eso cierto, Nate?
—la voz de la señorita
Godfrey me llega
directa como
una flecha
mientras la
veo levantarse
de la silla.

Oh, oh… Si la señorita Godfrey te pilla comiendo en clase, te castiga sin dudarlo. Menudo fraude, teniendo en cuenta que guarda un frasco de mantequilla de cacahuete en su escritorio. (No me pregunten cómo lo sé. Tengo mis métodos.)

¡Ay! ¡Se acerca a toda prisa! ¡Vamos, vamos! ¡Mastica!

¡Engulle! ¡Ahora!

¡Fiu! Justo a tiempo. Me he tragado las últimas migas medio segundo antes de que se plantara en mi escritorio.

—Hummm... —dice escrutándome largamente con

la mirada—. Yo no veo nada. Debes de haberte confundido, Gina.

¡Ja! ¡Gina sin habla! Su plan para meterme en un lío no
ha funcionado. Tengo que saborear este momento...

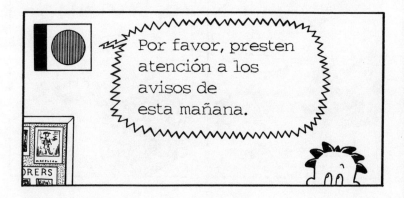

Oh, Dios mío. Avisos: aquí uno no se aburre nunca.

Los estudiantes interesados en formar parte del equipo de matemáticas pasen a ver al señor Staples.

CLARO, ¡PORQUE NO TENGO AÚN BASTANTES **MATEMÁTICAS** EN MI VIDA!

El menú de hoy es estofado de res, habichuelas verdes, pan de maíz y fruta.

... Y LAS CUATRO COSAS SABEN EXACTA- MENTE IGUAL.

Si pasan hoy por la biblioteca, deséenle feliz cumpleaños a la señorita Hickson. ¡Cumple treinta y nueve!

... EN AÑOS DE PERRO.

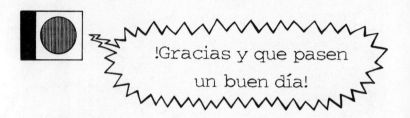

!Gracias y que pasen un buen día!

Listo. Se acabaron los avisos. Entonces ¿por qué sigo aquí sentado?

Porque inmediatamente después viene la clase de sociales con... ¡la señorita Godfrey! ¡Menudo modo de empezar el día! Ahora entiendo de dónde viene la expresión «tener un duro despertar».

Después de sociales, la cosa no hace sino empeorar. He aquí el resto de mi día:

2.ª HORA: INGLÉS

La señorita Clarke no está mal, pero ¿no debería alguien que enseña idiomas decir algo con sentido alguna vez?

SIEMPRE Y CUANDO INTRODUZCA UNA INTERROGATIVA DIRECTA, PERO CUANDO LA **SUBORDINADA** ES UNA INTERROGATIVA INDIRECTA...

¿LO QUE SIGNIFICA...?

3.ª HORA: ARTE

Ésta es mi clase favorita. El señor Rosa está tan quemado que ni siquiera se molesta en planificar las clases. ¡Eso es enseñar!

4.ª HORA: COMIDA

Comes a toda prisa. Y luego te pasas el resto de la hora mirando a las chicas mayores y arrojándole pedazos de zanahoria a Brad Macklin.

5.ª HORA: GIMNASIA

Jugamos hockey. Es genial. Cuando hago gimnasia rítmica, rezo para que nadie esté tomando fotos para el álbum de fin de curso.

6.ª HORA: MATEMÁTICAS

Llegados a este punto se me ocurre una pregunta múltiple. Son las matemáticas:

A) ¿Muy aburridas?

B) ¿Totalmente inútiles?

C) ¿La mejor asignatura para echar una siesta?

D) ¿O todo lo anterior?

La respuesta correcta, por supuesto, es la D. Que fue también la nota que obtuve en el último examen.

7.ª HORA: CIENCIAS

El mejor momento del curso fue cuando el señor Galvin perdió la dentadura mientras nos hablaba de los estambres y pistilos del diente de león. Fue entonces cuando lo apodé «Diente saltón».

Les pongo apodos a todos los profesores. Sí, ya lo sé: todo el mundo se inventa nombres divertidos para los maestros. Pero yo me la gano. Por eso soy el rey oficial de los apodos de la escuela.

Elegir un buen apodo no es cosa sencilla. Uno de los mejores apodos que le he puesto a la señorita Godfrey es Venus de Nilo. (Saqué la idea de una escultura muy famosa llamada Venus de Milo.)

Venus era la diosa del amor y la belleza. La señorita no tiene NI LO uno NI LO otro. Y ahí está la gracia.

Venus también es el nombre de un planeta. La señorita Godfrey tiene mucho en común con un planeta. Es enorme, redonda y suelta gases.

Además, la señorita Godfrey nos recuerda a una vaca que pasta junto al río Nilo, especialmente cuando come.

Y éste es sólo uno de sus apodos. Tengo montones. De hecho, puedo decirles exactamente cuántos...

¡... EN CUANTO ENCUENTRE LA LISTA!

GODFREY APODOS

1. Godzilla
2. Aburri.com
3. Señorita Delicatiza
4. La innombrable
5. Aliento de dragón
6. Bomba fétida
7. La bestia negra
8. Cabeza-bolo
9. La-vaca-que-riñe
10. Ozono
11. Queen Kong
12. La gaseosa
13. Big Bang
14. Planeta Animal
15. La peste
16. La Reina del bostezo
17. La guapa
18. La alegría de la huerta
19. Tiburón
20. Venus de Nilo

¡Veinte apodos y sigo contando! ¡No está nada mal!

Vaya. Me pilló.

Se queda mirando la lista durante una eternidad. Se pone roja, y luego blanca. Se ve claramente que está apretando las mandíbulas.

Es peor esto que sus gritos.

Y al final se dispone a hablar.

Reduce mi lista a una bola de papel. Abre el cajón de su escritorio y saca un cuaderno.

No es la primera vez que veo ese cuaderno.

Escribe algo, arranca la hoja y luego me la entrega.
Descubro una leve sonrisa en las comisuras de sus labios. Pero, aparte de eso, su expresión es severa.

—Entrégale esto a la señorita Czerwicki cuando acaben las clases —me dice.

NOTA DE CASTIGO

ESTUDIANTE: *Nate Wright*
PROFESORA: *C. Godfrey*

MOTIVO DEL CASTIGO:

Insolencia

—¿Insolencia? —digo en voz alta—. ¿Y eso qué es?

—Aquí tienes un diccionario —gruñe la señorita Godfrey.

Seguro que no quiere decir «destinado para la grandeza».

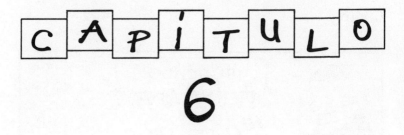

CAPÍTULO
6

insolencia (del lat. *insolentia*)

1. f. Comportamiento desdeñosamente grosero o impertinente.

2. f. Cualidad o condición de ser insolente.

—O sea que resulta que básicamente «insolencia» significa comportarse como un crío odioso —les digo a Francis y a Teddy mientras nos dirigimos a clase de inglés.

Estoy a punto de darle con mi libreta en la cabeza, pero de pronto recuerdo que va a compartir su almuerzo conmigo. Así que decido ser amable con él.

Me meto la nota de castigo de la señorita Godfrey en el bolsillo. No voy a permitir que un castigo de nada me fastidie el día. Sobre todo después de saber que me espera un futuro venturoso.

—¿Qué creen que significa «Superarás a todos los demás»? —pregunto.

—Probablemente que agarraste la galleta de otro por error —dice Teddy entre risas.

—No sólo dice «Superarás a todos los demás» —corrige Francis—. Dice, «¡Hoy superarás a todos los demás!»

Mmm. Tiene razón. Así que la fortuna llegará durante las clases. En casa, los únicos «demás» a los que puedo superar son...

... papá y Ellen. ¡Qué emoción!

—Entonces si lo que dice la galleta es cierto —digo—, voy a superar a los demás en las próximas...

—Supongo —dice Francis encogiéndose de hombros—. Pues será mejor que te espabiles.

¡Jenny y Artur! Discúlpenme, voy a vomitar.

Gracias, Francis. Y no te cortes, di lo que piensas.

Y, por cierto, no le cae bien a todo el mundo. Yo no soy precisamente presidente del club de fans de Artur.

No es que sea un idiota rematado, ni nada de eso. Es sólo que no puedo soportar que se le den bien tantas cosas... las mismas cosas que se me dan bien a mí. Es superirritante.

Las cosas eran mucho mejores antes de que llegara Artur.

SOBRE ARTUR:
No habla muy bien nuestro idioma, cosa que, por alguna extraña razón, les encanta a las chicas.

¡HASTA LO VISTO!

¡AYYYY!

¡ES SUPERMONO!

Antes de Artur... Después de Artur...

Era el jugador n.º 1 del equipo de ajedrez.	Él me desbancó al segundo lugar.

¡Jaque mate!

expresión de asombro

¡Buena partido, Nate!

Oh...

A.A.

El único cómic que se publicaba en el periódico de la escuela era el mío.

D.A.

Ahora tengo que compartir espacio con la tira de Artur...

¡... que es una **COPIA** de *Garfield*!

A.A.

Era el líder de Atrapa el Mejillón.

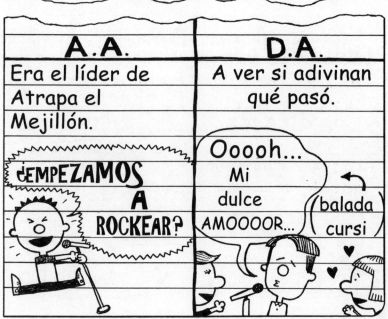

D.A.

A ver si adivinan qué pasó.

Así que todo el mundo piensa que Artur es el señor Maravilloso. Eso puedo soportarlo. Pero cuando él y Jenny empezaron a salir juntos... Eso me mató.

Conocí a Jenny en primero. Y me gusta desde entonces. Y estoy convencido de que en el fondo yo también le gusto, aunque actúe como si me odiara. Siempre había estado totalmente seguro de que algún día formaríamos una pareja estupenda.

Y entonces apareció Artur. Y, en un abrir y cerrar de ojos, empezaron a actuar como si fueran Romeo y Julieta. Es asqueroso. Vomitivo.

¡El mensaje de la galleta!

«¡Hoy superarás a todos los demás!»

¿Y si se refiere a Jenny? ¡Tal vez el mensaje quiere decir que superaré a Artur! Quizás Jenny lo deja...

—Hoy terminaremos nuestra lección de poesía —anuncia la señorita Clarke.

Antes solía pensar que la poesía no era más que una pandilla de tipos vestidos con mallas que escribían sonetos con una pluma de pavo real, pero es mucho más que eso. La señorita Clarke nos ha enseñado cosas sobre todo tipo de poesía. Tenemos que escribir nuestros propios poemas en un «cuaderno de poesía».

P O E S Í A ¡CUADERNO!

Nate Wright

POEMA HUMORÍSTICO Nate Wright

Hoy me he pegado un gran banquete:

He comido percebes, caviar y chanquete,

Ostras, angulas, calamares

Y todo tipo de manjares.

Pero antes que todo eso

Querría una bolsa de ganchitos de queso.

HAIKU Nate Wright

Los ganchitos de queso son ricos

Y mejores que un beso.

ODA AL GANCHITO DE QUESO

Nate Wright

Busco desesperado en el supermercado

Ese sabor delicioso tan deseado.

Y por fin los encuentro en el pasillo nueve.

No son nada caros: un dólar diecinueve.

Una bolsa enorme de ganchitos de queso

Me hace más feliz que a un perro roer un hueso.

Qué bien me siento cuando me llevo a la boca

Un ganchito de queso, ¡menuda bicoca!

El gusanito amarillo y su sabor genial

Son una cena y una comida sin igual.

Y nunca jamás me cansaré de repetir

Que estar sin ganchitos de queso es un sinvivir.

Nate
El grandioso
Asombroso
Maravilloso
Esplendoroso
Fabuloso
Glamuroso
Gracioso
Ingenioso

ya.

¿Qué rima con «ya»?

¡yaaaAAH!

¡CUAC!

Queso
Beso
Espeso
Hueso
Poseso
Sabueso

ON OFF

ZAP

La señorita Clarke continúa:

—Pueden escribir el tipo de poema que quieran: un poema divertido, uno serio, un poema de amor...

¿Porquerías? Perdona pero los ganchitos de queso no son ninguna porquería. Son... ¡Ñam!

Un momento. ¿Ha dicho «poema de amor»?

¡Un poema de amor! ¡Podría funcionar! A Jenny le encanta este tipo de cosas. Se puso como loca cuando, el año pasado, Artur le regaló una tarjeta por San Valentín... ¡Y no era más que una tarjeta que compró en una papelería!

Miro a Jenny. Está ocupada quitándose bolitas del jersey, pero hay electricidad entre nosotros. Lo noto.

Empieza a formarse un plan en mi cabeza.

PRIMER PASO: Le escribo un poema de amor a Jenny, uno que no sea empalagoso. Uno que diga: «¿Por qué sales con Artur estando yo disponible?».

SEGUNDO PASO: Introduzco discretamente el poema en la libreta de Jenny, cuando Artur no esté pegado a ella como el velcro.

TERCER PASO: Me siento en mi sitio y espero a que Jenny se enamore perdidamente de mí.

Nunca he escrito un poema de amor. Pero no puede ser tan difícil. Lo único que necesito es encontrar palabras que rimen con «Jenny».

¡¡¡Gina!!! ¿Por qué no meterá las narices en sus asuntos?

Me está ardiendo la cara: debo de estar rojo como un tomate. Lanzo una mirada al otro extremo de la clase.

Jenny me mira con cara extraña. Y Artur, también. Genial.

Gina lo ha echado todo a perder. Ahora mi plan no tiene ninguna posibilidad.

Y ahí viene la señorita Clarke. Las cosas no hacen más que mejorar.

—¿Tienes problemas para encontrar un tema distinto a los ganchitos de queso? —pregunta con una sonrisa.

—Pues... sí, algo así —balbuceo.

—La poesía proviene del corazón, Nate —me dice—. Ahí es donde encontrarás inspiración.

Ah, vale. No tengo ni idea de lo que quiere decir, pero asiento con la cabeza de todos modos. Toda la clase me mira.

Bueno, ¿podríamos continuar con la clase?

Y entonces lo oigo. Nadie más lo oye, pero yo sí.

Gina se ríe.

Le lanzo una mirada. Está apoyada en su silla. Tiene una sonrisa odiosa plantada en la cara. Estoy quedando como un tonto delante de todo el mundo, incluida Jenny, y Gina disfruta de lo lindo.

Ella lo ha provocado. Todo esto es culpa suya. La sangre me golpea las sienes, y aunque la señorita Clarke dice algo, apenas la oigo.

¿Qué me dice mi corazón?

Me dice...

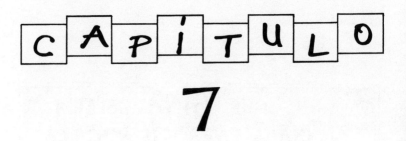

CAPÍTULO 7

—Te lo preguntaré sin tapujos —me dice Francis al salir de clase de inglés.

¿ES GINA LA ÚNICA QUE DEBERÍA MANTENER LA BOCAZA CERRADA?

¡JE, JE!

—Pues debería haberla cerrado —refunfuño enseñándole la hojita rosa que acaba de entregarme la señorita Clarke—. ¿Cómo es posible que a mí me castiguen y a ella no le digan nada?

—Gina nunca se mete en problemas —dice Francis—: mete a los demás en problemas.

Teddy coge la nota de castigo que dice: «Razón del castigo: molestar en clase e insultar a una compañera.»

Francis asiente con la cabeza y dice que ha sido bastante insultante.

—¿Bromeas? —le digo—. ¡Eso no ha sido nada! ¡Puedo ser realmente insultante!

Cuando la cosa ya está a punto de salirse de madre, Francis nos interrumpe.

—¡Eh, chicos! —señala con el dedo—. ¡Miren!

Miro al otro lado del pasillo. Y ¿qué es lo que veo? A Luke Bertrand y Amy Wexler dándose un beso de tornillo...

¡SLURP!
¡SLUP!
¡SLOP!

A Matt Grover tirándole de los calzoncillos a Peter Hinkel...

¡YANK!

...y veo a esa niña tan rara cuyo nombre no logro recordar escribiéndose en el brazo.

Los unicornios son hermosos. ¡Los chicos apestan!

En otras palabras: todo parece normal.

—¿Qué se supone que tenemos que mirar? —le pregunto a Francis.

—¿A ti qué te parece? ¡La vitrina! —dice.

Nuestra escuela tiene dos vitrinas. En la que está fuera del despacho del director Nichols hay todo tipo de trofeos polvorientos, medallas y fotos antiguas del equipo de bás- 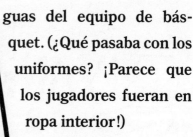 quet. (¿Qué pasaba con los uniformes? ¡Parece que los jugadores fueran en ropa interior!)

E.P. 38 VS DURHAM 1950

Pero la otra vitrina es genial. Es donde el señor Rosa expone los mejores trabajos artísticos de sus estudiantes. Siempre elige el trabajo de un estudiante para colocarlo en la vitrina central. En la parte superior hay un cartel que dice:

↓ BAJO EL REFLECTOR ↓

Si estás bajo el reflector, es como si el señor Rosa le estuviera diciendo a todo el mundo...

¡Eh! ¡¡Podría ser eso!!

Si alguno de mis trabajos está bajo el reflector, ¡significará que la galleta de la fortuna estaba en lo cierto! ¡Habré superado a todos los demás!

Corro apresuradamente hasta la vitrina. Seguro que mi escultura del pingüino está allí.

Sí, dibujos sin interés. Es el momento de la intervención de Nate Wright, crítico de arte.

Buen intento, Ken, pero probablemente deberías hacer trabajos en madera.

Siento el jarro de agua fría, Amanda, pero parecen unas salchichas con patas.

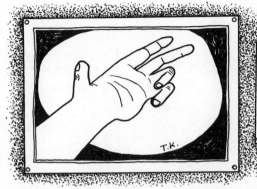

«Retrato de
mi mano»
Tammy K.

No sé qué decirte de ESTA mano, Tammy, pero puedo asegurarte que la OTRA no sabe dibujar demasiado bien.

¡... Y MIRA QUIÉN ESTÁ BAJO EL REFLECTOR!

—¿Otra vez? —exclamo—. ¡El mes pasado ya estuvo en la vitrina central!

«VIEJO ZAPATO» ARTUR

—Bueno, tienes que admitirlo —dice Teddy pegando la nariz al cristal—, es un dibujo bastante bueno.

—No está mal —digo con cierto desprecio.

—¿Que no está mal? —protesta Francis—. ¡Es como un joven Picasso!

¿Ah, sí? ¿Desde cuándo Picasso se hizo famoso dibujando zapatos?

Sí, sí... Artur le cae bien a todo el mundo.

Es realmente injusto. ¿Por qué tiene que ser él el artista? Yo he hecho montones de dibujos mejores que ese ridículo zapato suyo... ¡Como por ejemplo éste!

«ALMUERZO»   NATE

¡Fíjense! Mi dibujo lo tiene todo: acción, suspense, posible derramamiento de sangre. ¡Merece estar bajo el reflector tanto como el dibujo de Artur! Tendré que presentar una queja oficial.

¿Qué...? ¿Peticiones fútiles? ¿Peticiones fútiles?

¿Una cabeza de títere? ¿¿Se supone que ahora debo concentrarme en hacer una cabeza de títere?? ¡Esto es el colmo!

Echo un vistazo a la puerta. La vitrina está a unos pocos metros. Si el señor Rosa no cuelga mi dibujo en esa dichosa vitrina, lo haré yo.

Francis está absorto leyendo las instrucciones para hacer la cabeza de títere:

¡Cómo hacer una cabeza **DE TÍTERE!**

1.er Paso	2.° Paso	3.er Paso
Hinchar un globo y hacerle un nudo	Mojar tiras de papel de periódico en la pasta.	Recubrir el globo con las tiras de papel mojado.
bien fuerte	pasta	¡Dejar secar!

Me lanza una mirada de desconfianza.

—¿Por qué susurras?

—¡Chist! ¡No preguntes! —le digo entre dientes.

—¡Cualquier tipo de distracción! —le digo—. Tú distrae al señor Rosa unos cinco o diez segundos. Es todo el tiempo que necesito.

—¿Que necesitas para...? —empieza a preguntarme, pero yo lo hago callar. El señor Rosa se acerca.

Le lanzo a Francis una mirada que significa: si realmente eres mi mejor amigo, tienes que hacerlo por mí.

Él me lanza una mirada que significa: pareces retrasado, pero, eh, esto será tu funeral.

El bueno de Francis.

Me acerco disimuladamente a la puerta y espero a que Francis haga su actuación.

¡Perfecto! Toda la clase se echa a reír y, mientras el señor Rosa trata de poner orden...

Yo me escapo...

¡... y listo! ¡Ya estoy delante de la vitrina! ¡Así de fácil!

Ahora sólo tengo que abrir la puerta... ¡y pegar mi dibujo justo encima del de Artur! ¡Ja!

¡No puede ser! ¡Está atrancada! Tiro y tiro, pero no se abre...

¡... hasta que me quedo con el pomo en la mano!

¡Santo cielo! ¡Menudo tortazo! Espero que nadie...

¿Y qué se saca el señor Rosa del bolsillo trasero...?

Eso es, un papelito rosa.

Le echo un vistazo al papelito que me entrega. Donde dice «Razón del castigo» ni siquiera ha escrito nada.

Sólo ha dibujado una cara de decepción.

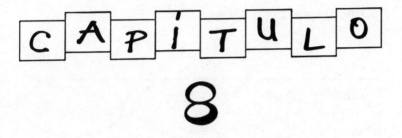

CAPÍTULO 8

Apesta a ensalada de huevo, no hay suficientes mesas y las paredes son del mismo color que el vómito de gato. Pero, después de la mañanita que he tenido, nunca había estado tan contento de entrar en la cafetería.

Perdón. «Cafetorium» ¡Menudo nombrecito!

—¡No me puedo creer que el señor Rosa te haya entregado una nota de castigo! —dice Teddy—. ¡Es la primera que da en todo el año!

—Chester se sentó en nuestra mesa —dice Teddy.
Y tiene razón. Chester se ha sentado donde siempre me siento yo. Me recuerda al dibujo del hombre de Java de nuestro libro de ciencias.

—Bueno —digo aguantándome la risa—. Le pediremos amablemente que se cambie.

Exacto. Todos sabemos que no hay que pedirle favores a Chester. A no ser que quieras perder unos cuantos dientes. Una vez le pegó al psicólogo que se suponía que iba a ayudarlo a controlar su ira.

Encontrar otro sitio para sentarnos es algo así como un reto. Veamos algunas de nuestras opciones:

Decidimos sentarnos con nuestro amigo Todd.

Ups. Lo siento. (Nota mental: el niño regordete, peli-rrojo y pecoso es Chad, no Todd.)

—¿Qué lees? —le pregunta Francis.

—*El libro de los récords mundiales* —dice Chad.

¿Qué oyen mis oídos? ¿Récords mundiales? ¡Mmm!

—¿Qué quieres decir con otra? —pregunta Francis en tono guasón.

No le hago ni caso y saco el mensaje de la galleta de la fortuna del bolsillo.

—Aquí no dice «Superarás a todos tus compañeros de clase». Lo que dices es que «¡Superarás a todos los demás!»

Empiezo a hojear el libro de Chad. Tiene que haber algún récord que pueda superar. Sólo tengo que encontrar el adecuado.

—¿Las uñas más largas?
No.

—¿El más tatuado?
Me parece que no.

—¿Hay algún récord
para el pelo más ridículo? —pregunta Teddy.

—Cállate —le digo.

—¿El más rápido comiendo? —pregunta Francis con aire escéptico.

—¡Mira! ¡Aquí hay un tipo que se zampó sesenta perritos calientes en diez minutos! ¡Y éste se comió cuarenta y cinco porciones de pizza en diez minutos!

Gracias, no lo había notado.

Entonces ¿con qué podemos batir el récord de «el que come más deprisa»? Mientras le damos vueltas, algunos chicos se disponen a dejar sus bandejas.

No puedo oír lo que Francis les dice, pero al cabo de unos pocos segundos vuelve a nuestra mesa con...

¡... HABICHUELAS VERDES!

¿Habichuelas verdes?

—¡Tenemos montones de habichuelas verdes! —exclama Francis.

—¡Es verdad! —dice Teddy pensativo...—. ¡Porque nadie se las come!

De pronto, Francis y Teddy se ponen a pasearse por todo el comedor preguntando a todo el mundo:

Y, antes de darme cuenta, me encuentro sentado ante un monte Everest de habichuelas verdes.

—Un momento, están asquerosas —digo—. Parecen llenas de baba.

—¡Perfecto! —dice Francis—. ¡Así bajarán al estómago más deprisa!

—Pero es que ahora mismo no tengo hambre —protesto débilmente—. Dejémoslo para mañana.

Esto de los récords mundiales está empezando a perder la gracia. ¿Cómo me habré metido en este lío?

La gente empieza a agruparse a mi alrededor. Francis ha puesto a punto su cronómetro. Creo que ya no hay marcha atrás.

Preparado...

Listo...

Agarro un puñado de habichuelas y me lo meto en la boca. El frío jugo se derrama por mi barbilla mientras mastico una, dos veces y luego trago. Saben fatal, pero Francis tenía razón: bajan directas al estómago. Me tomo otro bocado.

... Y otro... Y otro.

¿¿Un minuto?? ¿Sólo llevo un minuto comiendo?

Oohhhhhhhh... No me encuentro muy bien.

La multitud me anima, pero la cosa no funciona. Tengo náuseas. Y estoy algo mareado. Hay restos de habichuelas medio masticadas por todas partes. ¡Al cuerno el récord mundial! Sólo espero no devolver delante de toda la escuela.

Oh, oh. Conozco esa voz. Alerta roja.

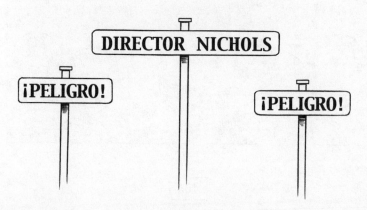

Esta mañana, cuando he chocado con él, ha sido muy amable. Pero ahora ya no lo es. Mi estómago ha dado un triple salto mortal.

Me dispongo a hablar, pero la enorme bola de habichuelas que tengo en la boca me lo impide. Trato de tragármela, pero casi me atraganto. Es demasiado grande.

Sólo puedo hacer una cosa: me inclino sobre la mesa, intento actuar con la mayor naturalidad posible y...

... escupo las habichuelas.

Vale, vale, tranquilos. Tampoco es para tanto. Un montón de habichuelas verdes masticadas tiene casi la misma pinta que un montón sin masticar.

El director Nichols también está un poco verde.

—Sólo estaba... esto... comiendo —le digo.

—¿Comiendo? —repite él—. ¿Con toda la clase de sexto animándote?

—Bien, se ha terminado la hora de la comida —ruge el director Nichols.

Contempla las habichuelas verdes que han quedado esparcidas por la mesa y el suelo.

Se encamina hacia la puerta y, en menos de un segundo, veo exactamente lo que va a ocurrir.

Parece que sucede a cámara lenta, pero no puedo hacer nada para impedirlo.

El pie del director Nichols se posa en un charco de jugo de habichuelas,

y...

Durante un minuto, no puedo decir si está vivo o muerto.

Tengo suerte. Está vivo.

Y ahora sí me siento realmente mal.

CAPÍTULO 9

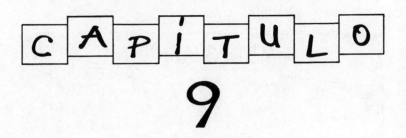

SE ME HA DORMIDO
EL TRASERO.

¿Tanto les costaría poner una silla más blandita? Es como estar sentado en la tapa del inodoro.

Trato de hacer caso omiso del hormigueo que martiriza mis piernas. Si el director Nichols no termina pronto de gritarme, se me entumecerá todo lo que tengo por debajo de mi ombligo.

Me está aleccionando acerca de las habichuelas verdes. Menudo aburrimiento. He oído este discurso un millón de veces. Las palabras pueden variar un poco, pero básicamente es como sigue:

1. <u>RECREACIÓN</u> DRAMÁTICA

Siempre que me meto en algún lío, el director Nichols lo describe con todo lujo DE DETALLES.

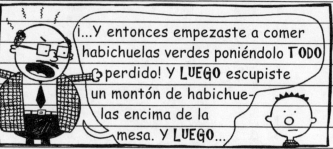

¡...Y entonces empezaste a comer habichuelas verdes poniéndolo TODO perdido! Y LUEGO escupiste un montón de habichuelas encima de la mesa. Y LUEGO...

Sí, recuerdo muy bien lo que pasó. Estaba allí.

2. LA PÉRFIDA DE MI HERMANA

Me compara con Ellen.

¡Tu HERMANA NUNCA se habría comportado así!

Muy bonito. ¿Qué le parecería si yo lo comparara con otros directores? (No es que conozca a ninguno, pero SEGURO que hay alguno mejor por ahí.)

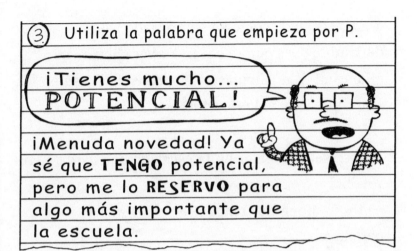

③ Utiliza la palabra que empieza por P.

¡Tienes mucho...
POTENCIAL!

¡Menuda novedad! Ya sé que **TENGO** potencial, pero me lo **RESERVO** para algo más importante que la escuela.

ENTRÉGALE ESTA HOJA A LA SEÑORITA CZERWICKI CUANDO ACABEN LAS CLASES.

MOTIVO DEL CASTIGO: INCIDENTE DE LAS HABICHUELAS VERDES.

«¿Incidente de las habichuelas verdes?» Dicho así suena como una especie de escándalo. ¿Hola? La Tierra llamando a Nichols: ¡sólo trataba de conseguir un récord mundial!

Y además su discurso se ha alargado hasta después del timbre de la quinta hora. ¡Y ahora llegaré tarde a gimnasia! ¡Eh! ¡Gimnasia! ¡Podría ser en eso en lo que superaré a todos los demás!

Tal vez seré el mejor en la escalada de cuerda o en voleibol... o en lo que el entrenador Calhoun nos tenga preparado hoy.

¡Pero el entrenador Calhoun no está!

El entrenador John había sido profesor de gimnasia de la escuela en el pasado. Está retirado, pero la escuela sigue llamándolo cuando necesita un sustituto. Tal vez a la escuela le vaya bien, pero para los alumnos es una auténtica pesadilla. Porque el entrenador John está loco.

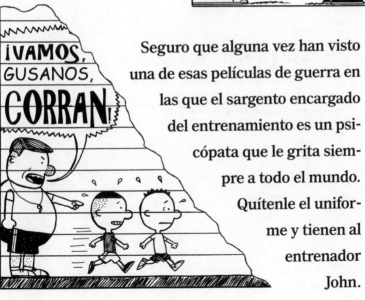

Seguro que alguna vez han visto una de esas películas de guerra en las que el sargento encargado del entrenamiento es un psicópata que le grita siempre a todo el mundo. Quítenle el uniforme y tienen al entrenador John.

Trato de escabullirme entre las gradas con la esperanza de llegar a los vestuarios antes de que me descubra. No tengo suerte. Ese hombre no puede verse sus propios pies, pero no sé cómo siempre acaba localizando a la gente al instante.

El entrenador John no es muy bueno recordando nombres.

¿Ven lo amable y simpático que es?

Entro en los vestuarios a toda velocidad. No hay nadie; es un alivio. Así no tengo que vérmelas con Alan Ashworth y su dichosa toalla.

Me pongo a toda prisa los pantalones cortos y la camiseta y, cuando me dispongo a volver al gimnasio, paso junto al espejo. Aún tengo restos de habichuelas verdes en la cara. Es asqueroso.

Me limpiaré un poco. Me inclino sobre el lavamanos y...

¡¡¡Oh, no!!! ¡El lavamanos estaba mojado! ¡Se me han empapado los pantalones!

Trato de secarme con toallas de papel, pero no soluciono nada: la mancha sigue ahí.

¡Qué desastre! ¿Y ahora qué voy a hacer? ¡No puedo ir así! Es como llevar un cartel enorme que diga:

Miro desesperadamente a mi alrededor en busca de

otros pantalones. Nada en el vestuario. Nada en la cesta de prendas perdidas. De pronto caigo en la cuenta de que Jenny está en mi clase de gimnasia. ¡Pensará que son un idiota rematado!

—¿Qué haces? ¿Poniéndote un smoking? —ruge el entrenador John—. ¡Sal de ahí de una vez!

¡¡...AHORA!!

Glup. Parece que no tengo opción... pero ¡un momento!

Hay una bolsa de deporte debajo de un banco, cerca del despacho del entrenador. Y diría que de ella sobresalen...

¡Sí! ¡Qué suerte! Me quito mis pantalones mojados y saco los secos. No me importa de quién sean, ni de qué color, ni tampoco de qué talla...

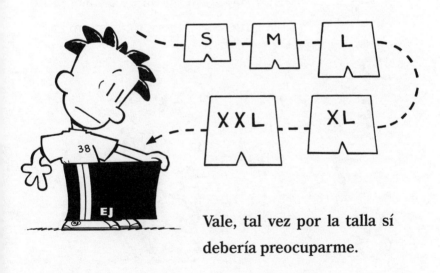

Vale, tal vez por la talla sí debería preocuparme.

Dios mío, ¡esto parece la ropa de un payaso! ¡No me va ni de broma!

¡MUY BIEN, CHICO! ¡VOY A CONTAR HASTA DIEZ!

1...
2...
3...

¡Cielos! El entrenador John preparándose para entrar. Tengo que encontrar el modo de que estos pantalones no se me caigan, y deprisa.

4...

¡Ajá! Hay un montón de toallas junto a las duchas. Cogeré unas cuantas...

5...

6...

¡VAMOS!

¡VAMOS!

¡RÁPIDO!

¡DEPRISA!

7...

¡VENGA!

¡VA!

8...

9...

¡... y me las meteré dentro de los pantalones!

Sé que parezco un estúpido. Pero he encontrado el modo de mantener estos pantalones en su sitio. Y no tienen una mancha gigante. Entro apresuradamente en el gimnasio.

Toda la clase está alineada en filas, haciendo estiramientos.

Oigo una carcajada. Luego otra. Al cabo de cinco segundos todo el mundo se está desternillando.

Todo el mundo excepto el entrenador John.

¿Una broma? No tengo ni idea de qué habla, pero tiene pinta de querer arrancarme el brazo. Sacudo la cabeza, por miedo a decir algo inadecuado.

Él levanta poco a poco el brazo y señala mis pantalones. Lo miro, aún confundido.

Y entonces lo veo.

Una E y una J blancas en los pantalones del «Entrenador John».

Empiezo a tener un mal presentimiento. Bajo la mirada y las veo en mis pantalones: las mismas letras EJ en blanco.

Y de pronto lo comprendo. El entrenador John cree que me estoy burlando de él. Que me he disfrazado de una especie de minientrenador John.

No sé si puede escucharme. Yo apenas me oigo a mí mismo. Y todo lo que veo es la cara gigante del entrenador, adquiriendo unas ocho tonalidades diferentes de rojo.

—Ya veremos si sigues riéndote... —dice el entrenador—

Estupendo. Justo el modo en que quería pasar la quinta clase del día:

haciendo *sprints*.

Con los pantalones cortos del entrenador John.

Con el estómago lleno de habichuelas verdes.

CAPÍTULO 10

Otro papelito rosa. Esto es ridículo.

—¡El entrenador John me ha castigado! —exclamo enojado.

—«Falta de respeto» —leo en voz alta.

Eso no es justo. ¿Acaso ha tenido él respeto por mí? ¡Ni siquiera se ha molestado en escribir mi nombre.

—¿Qué es tan gracioso? —les suelto.

—¡Tiene razón! —dice Francis—. ¡Tienes el pelo raro!

Genial. Y ahora, por si fuera poco, mis supuestos mejores amigos me tocan la cabeza como si yo fuera un perro gigante.

Este día está empezando a ser desalentador.

—Si seguimos así —refunfuño—, tendré que incluir el día de hoy en la lista de los Peores Días de mi Vida.

—Un momento —dice Francis—. No puedes tener un montón de Peores Días de tu Vida. ¡Por definición, sólo puede haber un solo peor de cada cosa!

En cualquier caso, lo único que quería decir es que hoy podía estar en la lista. Aún no es oficial. Todavía hay posibilidades de que se convierta en un gran día...

—Creo que te esfuerzas demasiado —opina Teddy.

—¿Qué quieres decir? —pregunto.

—¡Toda la historia de la galleta de la fortuna! ¡La estás forzando! ¡Deja que pase! ¡Relájate! ¡Déjate llevar! —dice Teddy.

INSPIRAR...
ESPIRAR...

INSPIRAR...
ESPIRAR...

¿Que me deje llevar? ¿Qué es esto, yoga? No voy a superar a los demás sentándome por ahí haciendo ejercicios de respiración.

—Vamos, movámonos, chicos —dice Francis—. Tenemos clase de matemáticas.

Puaj. Odio las matemáticas. No es que no las entienda, pero es que mi cerebro se para cuando el señor Staples dice cosas como:

¡LAS MATEMÁTICAS **ESTÁN EN TODAS PARTES!**

¡USARÁN LAS MATEMÁTICAS **POR** EL RESTO DE **SU VIDA!**

El resto de mi vida. Me muero de impaciencia.

Entramos en clase. Enseguida veo que algo va mal.

El señor Staples no riega las plantas ni escribe problemas en la pizarra. No habla con los alumnos ni les cuenta alguno de sus chistes horribles.

Toc, toc.

¿Quién es?

Nadie.

¿Nadie qué?

Y, por supuesto, ¡nadie contesta!

—¿Qué le ocurre al señor Staples? —susurro—. Está ahí sentado sin decir nada.

—¿Y qué se supone que debe estar haciendo? —pregunta Teddy.

—¿Bailar encima de su escritorio?

Teddy no se da cuenta. Pero yo sí. Detecto los problemas cuando los veo.

—Siéntense todos —dice el señor Staples.

La clase se sienta en silencio. Qué raro. El señor Staples nunca nos pide que nos sentemos. De pronto todo el mundo se da cuenta de lo que yo he percibido

al instante: está a punto de suceder algo malo.

—Por favor, guarden los libros y las libretas —nos ordena.

—Tienen treinta minutos —dice el señor Staples repartiendo los exámenes—. Por favor, lean las preguntas atentamente bla bla bla bla bla bla bla bla bla bla bla...

Mientras se aleja entre las mesas le echo un vistazo rápido al examen.

Nombre: _____

Busca el número que falta:
1. x ÷ 43 = 1.150
2. y ÷ 50 = 92
3. n ÷ 14 = 714
4. t ÷ 60 = 49

Halla la media, la mediana y la moda:
5. 31, 169, 3, 38, 165, 105, 169, 64
6. 168, 44, 62, 25, 189, 26, 129, 92, 148, 62

Escribe los siguientes números como fracción:
7. 0,16
8. 0,36
9. 0,625

10. Veintiuno menos cuatro veces un número son 31. ¿Cuál es ese número?

11. 2.000 y 11.000.000 sumados a un número son 11.110.184. ¿Cuál es ese número?

12. ¿Cuánto son 5/9 de 6.579?

¿Sólo doce preguntas? ¡Eh! ¡No está tan mal! Debería ser capaz de responder doce preguntas en treinta minutos.

Allá voy. Ya les he dicho que no me vuelven loco las matemáticas. Pero no es preciso que te guste algo para que se te dé bien. Empiezo a resolver las preguntas.

Ésta es fácil...

... y ésta también.

... y ésta, y la siguiente. Dios mío, ¡las estoy ventilando todas! ¡Esto es pan comido!

Termino el último problema, compruebo mis respuestas y dejo el lápiz en la mesa. ¡Listo!

¡Y fíjense en eso! ¡He terminado diez minutos antes de la hora!

Miro a mis compañeros.

Teddy aún no ha terminado...

Francis tampoco...

¡¡Nadie ha terminado aún!!

¡He sido el primero en terminar! Mi fuerza mental ha sido mayor que la de los demás. ¡Eh! ¡¡He superado a todos los demás!!

¡LA GALLETA DE LA FORTUNA TENÍA RAZÓN!

Vale, superar a los demás en un examen de matemáticas no es tan emocionante como conseguir un récord, pero a estas alturas me conformo con cualquier cosa.

¡Incluso Gina está aún con las preguntas! Estoy impaciente por ver la cara que pondrá cuando se entere de que he arrasado en el examen y, en cambio, ella...

171

Sí, eso es, ¿no lo han oído? ¡Vamos, terminen ya!

Un momento. Repasen las respuestas... ¿en ambas caras? ¿Ha dicho en ambas caras?

Le doy la vuelta a mi examen. ¡Los ojos se me van a salir de las órbitas!

¡UF! ¡Hay ocho preguntas más! ¡¡Ocho preguntas que ni siquiera había visto!!

Los demás están entregando ya sus exámenes. Agarro el lápiz totalmente fuera de mí. Ni siquiera sé lo que escribo. Me limito a poner números al azar.

—Entrégamelo ya, Nate.

Doy un respingo.

El señor Staples está de pie frente a mi mesa. Me agarra el examen.

¡¡No!! ¡No puedo entregárselo con casi la mitad de las preguntas en blanco! Tiro de la hoja del examen.

—Se acabó el tiempo —gruñe él tratando de arrebatarme el examen. Yo tiro más fuerte. ¡Lo único que necesito son un par de minutos!

Pero el señor Staples quiere mi examen ya. Tira de la hoja con fuerza. De pronto, me encuentro enfrascado en un tira y afloja con mi profesor de matemáticas.

Y acabo de perder.

—Haremos un intercambio —dice el señor Staples entre dientes. Me arrebata el pedazo de papel de las manos y añade—: Tú me das esto...

Un papelito rosa. Lo único que intentaba hacer era terminar el examen. Y, en lugar de conseguirlo, me gano otra nota de castigo.

Los profesores siempre dicen que serían felices si al menos hiciéramos todo lo que pudiéramos. Y, cuando tratas de hacer todo lo que puedes, no te dejan.

En esta ecuación hay algo que no cuadra.

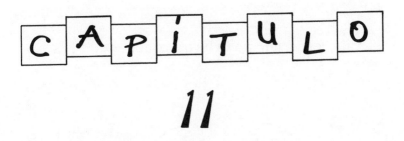

11

—Esa dichosa galleta de la fortuna —exclamo en tono de protesta reduciendo el papelito del mensaje a una bolita diminuta— sólo me ha traído problemas.

—¿Cómo se lo haría pasar tu cara a mi puño? —le suelto.

—Nate, ¡el día aún no se ha acabado! —dice Francis.

—¡Despierta, hombre! —le digo—. En ciencias no pasa nunca nada bueno.

—El rey de la risa —dice Teddy entre carcajadas—.
Es muy bueno.

—Será mejor que el señor Galvin no te oiga llamarlo así
—dice Francis—. No creo que a él le parezca divertido.

—¡A él nada le parece divertido! —exclamo yo.

ES MÁS TIESO QUE UNA VARA

—Y que lo digas —añade Francis convencido.

¡Se me encendió una lucecita!

—¡Eh, ya lo tengo! —digo con excitación—. ¡Ya sé cómo voy a superar a los demás! ¡Voy a hacer algo que nadie ha hecho jamás! ¡Haré reír al señor Galvin!

Francis me mira como si me hubiera vuelto loco.

—¿Te has vuelto loco? —me dice—. ¿Te acuerdas cuando estuvimos viendo los anuarios en la biblioteca?

¡Pues claro que me acuerdo! Tratábamos de encontrar fotos divertidas de los profesores: cortes de pelo ridículos, ropas anticuadas, cosas así. Desenterramos un montón de anuarios de treinta o cuarenta años atrás. Fue superdivertido.

El señor Galvin lleva enseñando en la escuela desde el período jurásico. (Otro de mis apodos para él es G-Rex.) Así que encontramos montones de fotos suyas.

Había fotos formales. (¿Alguna vez el señor Galvin ha sido informal?)

Había otras más espontáneas. (Claro que no mucho, porque él es como un fósil.)

Señor Galvin - Ciencias

«No se acerquen. ¡El lacito es radioactivo!»

Incluso había una foto de él durante su fase de «tras-plante de pelo».

Pero todas las fotos tenían una cosa en común: el señor Galvin no sonreía en ninguna de ellas.

—Si nadie lo ha visto reír nunca —pregunta Francis mientras nos dirigimos al laboratorio de ciencias—, ¿cómo esperas conseguir que sonría?

—Eh, si hay alguien que puede hacerlo —le digo—, ése soy yo. ¡Conmigo la gente se troncha!

—Sí, pero no porque te lo propongas —dice Teddy entre risas.

JA JA JA JA JA

¡MENUDOS PINCHOS!

¡¡RRRIIINNGGG!!

El timbre. Es la señal: ¡que empiecen las risas!

Decido empezar con un poco de humor visual del clásico. No hay nada como unos cuantos lápices estratégicamente colocados.

—Vaya —digo mientras me dirijo a mi mesa—. No ha habido ninguna reacción.

—Aquí tienes una reacción —dice Teddy—: no volveré a pedirte prestado un lápiz nunca más.

—Eso ha sido sólo un calentamiento —digo—. ¡Fíjate en esto! ¡Plan B!

—Hagan el favor de abrir los libros por la página... —empieza a decir el señor Galvin. Y entonces levanto la mano.

—Señor Galvin, quería hacerle una pregunta sobre ciencias —digo.

Un momento, ¿ha sido eso la sombra de una risa? ¿Se ha reído sólo medio segundo?

Creo que no.

—¡Psst! ¡Señor Comedia! —susurra Francis—. ¡Eres la bomba!

—¡Déjame en paz! —murmuro—. ¡Aún no he empleado mi mejor material!

Arranco una página de mi libreta de notas. Es un cómic del Doctor Cloaca en el que he estado trabajando, y ya casi está listo. Saco rápidamente mi rotulador y le doy los últimos toques a la viñeta final.

—Señor Galvin —le digo acercándome a su mesa—, ¡quería enseñarle algo!

No levanta la mirada.

—¡Por supuesto! —respondo. Le entrego el cómic y añado—: ¡El personaje principal es un médico!

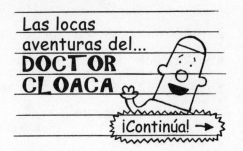

No se ríe. En realidad hace más bien lo contrario.

—Me estás haciendo perder el tiempo, jovencito —me dice.

Se mete mi rotulador (¡el que empleo para dibujar!) en el bolsillo de su camisa. Jopé. No lo volveré a ver más.

Vuelvo a mi sitio arrastrando los pies.

—Estás de mala racha —susurra Teddy.

—Parece que no consigues tocarle la fibra sensible.

Vale la pena intentarlo. Parece que lo demás no funciona.

Hay un plumero en el armario del material. El señor Galvin lo emplea para limpiar los tubos de ensayo y los vasos del laboratorio.

Con cuidado. Tengo que actuar con naturalidad. Me planto tranquilamente detrás de él

yyyyyyyyyyyyyy...

—Sólo... sólo estaba... bueno... —empiezo a decir.

—¡Silencio! —ruge él—. ¡Vete a tu sitio y no te muevas de allí! Y si te oigo siquiera moverte...

¡... ESTARÁS CASTIGADO UNA **SEMANA** ENTERA!

¿Acaso tengo opción? Me dirijo pesadamente a mi mesa, me dejo caer en la silla y me limito a mirar hacia delante...

... a la pequeña mancha que el señor Galvin tiene en la camisa.

La mancha se hace más... y más... ¡y más grande!

¡Mi rotulador! ¡Debe de habérsele caído la tapa!

Y ahí viene lo gracioso: ¡él ni siquiera se ha dado cuenta!

Sí, ahora sí.

Me mira fijamente.

—¿Te parece divertido, Nate?

Sé que debería haber dicho que no. O al menos poner cara de póquer. Pero hay algo en esa descomunal mancha de tinta que me parece...

Trato de contener la risa. De verdad. Pero no puedo. Y cuando por fin consigo controlarme, el señor Galvin me entrega un papelito rosa para cinco horas de castigo.

Tal vez algún día recordaré todo esto y me reiré.

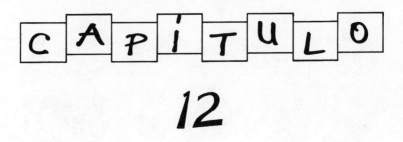

12

Son las 2:59.

La escuela termina exactamente dentro de un minuto. Normalmente, a estas horas estaría saltando de alegría. Estaría contando los segundos, listo para saltar de la silla, mientras hago planes sobre cómo pasar el resto de la tarde:

Pero hoy nada ha sido normal desde... desde...

Mmm. Supongo que debe de haber sonado el timbre. Todo el mundo se va.

Salen del edificio. Se van a casa. Y no estoy hablando sólo de los niños.

¡HASTA MAÑANA, NATE! ¡PÁSALO BIEN!

¿«Pásalo bien»? ¿Me toma el pelo? ¿Cómo lo voy a pasar bien? Sabe perfectamente que estaré toda la tarde aquí encerrado, porque es uno de los que han empezado el complot de las notas de castigo.

A veces los profesores son unos zopencos. Y cuando digo «a veces» quiero decir «siempre».

La escuela se vacía en un abrir y cerrar de ojos. Y, sin casi darme cuenta, sólo quedo...

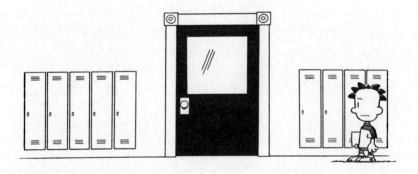

... yo.

No hay nada más deprimente que tener que quedarte en la escuela cuando las clases han terminado. Pruébalo alguna vez.

Te hace sentir fatal. Casi puedes oír las paredes diciendo estupideces.

Cállense ya, paredes.

No tiene sentido aplazarlo. Me voy al aula de castigo.

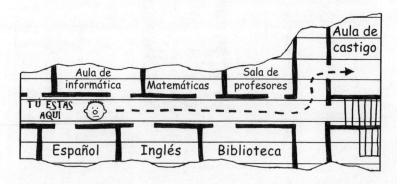

Debo admitir que me han castigado bastantes veces. He estado tan a menudo en esa aula, que Teddy incluso ha hecho un chiste al respecto.

No dije que fuese un buen chiste.

La última vez que me castigaron fue el día en que el club de ajedrez organizó la venta de pasteles.

FLASHBACK

Francis y yo nos encargábamos de la mesa. Estábamos haciendo buen dinero, sobre todo vendiendo el pastel de limón de la madre de Francis, que está de rechupete.

NOTA: NADIE SE ACERCABA AL PASTEL DE YOGUR DE COCO DE PAPÁ.

El lugar estaba repleto. Vi que un niño llamado Randy Betancourt agarraba un pedazo de pastel de limón y se lo colocaba en la palma de la mano.

No pagó. Y se fue por donde había venido.

Se hizo el inocente.

Arrojó a lo lejos el pedazo de pastel, y...

¡... le dio a la señorita Godfrey!

Nadie me había visto discutiendo con Randy, pero de repente todo el mundo se nos quedó mirando cuando ese pedazo de pastel aterrizó en el trasero de la señorita Godfrey.

Y, por supuesto, ella le creyó. No hay derecho. ¡Ni siquiera me pidió mi versión de la historia!

Sacó el cuadernito rosa del bolsillo y empezó a escribir mi castigo. Randy se quedó de pie junto a ella mirándome con esa expresión de «te castigaron y a mí no».

Y entonces fue cuando oí esa voz en mi cabeza:

Me iban a castigar, ¿no? Más vale que te castiguen por haber hecho algo que por no haber hecho nada.

Así que hice algo.

Ese día terminé con cinco notas de castigo en el bolsillo. Pero me aseguré de que Randy recibiera su merecido.

Esto es lo que me fastidia de las notas de castigo de hoy:

Entro en el aula. A veces hay otros niños, pero hoy estamos sólo la señorita Czerwicki y yo.

Cierra el libro.

—¿Otra vez, Nate? —pregunta dejando escapar un suspiro. Yo me encojo de hombros.

¿Han oído eso? «Nota.» En singular. Su viejo marcapasos está a punto de pegar un acelerón.

—Bueno es que... en realidad tengo más de una —respondo rebuscando en el bolsillo.

—¿Cuántas más tienes? —pregunta la señorita Czerwicki levantando una ceja.

Deposito un fajo de papelitos rosas encima de su mesa. Parecen un origami mutante.

—Nate —me pregunta—, pero ¿cuántos profesores te han castigado?

—Todos... —le digo.

La señorita Czerwicki parece algo asombrada. Va colocando una a una las notas en la mesa como si estuviera haciendo un solitario.

Sacude la cabeza.

—Nate...

—¿Un récord? —repito—. ¿Qué tipo de récord?

—En los años que llevo aquí, varios estudiantes han recibido cuatro notas de castigo en un solo día. Unos pocos han recibido cinco. Y uno recibió seis.

—Un momento. Significa esto que he...

—Bueno... Supongo que lo puedes decir así —dice la señorita Czerwicki con una mueca.

—¡Se ha hecho realidad! —exclamo.

—¡SE HA HECHO REALIDAD!

La señorita Czerwicki parece desconcertada. Se quita los lentes, se frota los ojos y me dice:

—Nate, por favor, siéntate.

¿Sentarme? ¡Con mucho gusto! Prácticamente me dirijo a mi mesa bailando.

En la mesa hay un dibujo que hice la última vez que estuve aquí. (Se supone que no se debe dibujar en las mesas, pero ¿qué esperan que hagamos durante la hora de castigo? ¿Calentar la silla?)

¡Eh! ¡No lo firmé! Le lanzo una mirada furtiva a la señorita Czerwicki para asegurarme de que no está mirando. Entonces saco un lápiz y escribo al pie del dibujo:

«El que ha batido un récord en la escuela.»

Vale, esto no me hará ganar uno de esos trofeos que exhiben en la vitrina. Pero, vamos a ver, un récord es un récord. Ahora formo oficialmente parte de la historia de la escuela. Ahora que lo pienso, recibir todas esas notas de castigo ha terminado siendo una suerte.

Casi no puedo creer mi buena fortuna.